1998—2006
"中华古诗文经典诵读工程"顾问
（以姓氏笔画为序）

王元化·汤一介·杨振宁·张岱年·季羡林

"中华古诗文经典诵读工程"指导委员会

名誉主任◎南怀瑾

主　　任◎徐永光

"中华古诗文经典诵读工程"全国组委会

主　　任◎陈越光

总 策 划 ◎ 陈越光

总 创 意 ◎ 戴士和

选 编 ◎ 中国青少年发展基金会

注 音
◎ 中国文化书院
注 释

注释小组 ◎
尹 洁（子集、丑集） 刘 一（寅集、卯集）
杨 阳（辰集、巳集） 丛艳姿（午集、未集）
黄漫远（申集、酉集） 方 芳（戌集、亥集）

注释统稿 ◎ 徐 梓

文稿审定 ◎ 陈越光

装帧设计 ◎ 陈卫和

十二生肖图绘制 ◎ 戴士和

诵 读 ◎ 喻 梅 齐靖文

审 读 ◎
陈 光 李赠华 黄 丽 林 巧 王亚苹
吕 飞 刘 月 帖慧祯 赵一普 白秋霞

中华古诗文读本

寅集

中国青少年发展基金会　　编

中国文化书院　注　释

陈越光　总策划

中国大百科全书出版社

致读者

这是一套为"中华古诗文经典诵读工程"而编辑的图书，主要有以下几个特点：

1. 版本从众，尊重教材。教材已选篇目，除极个别注音、标点外，均以教材为准，且在标题处用★标示；教材未选篇目，选择通用版本。

2. 注音读本，规范实用。为便于读者准确诵读，按现代汉语规范对所选古诗文进行注音。其中，为了音韵和谐，个别词语按传统读法注音。

3. 简注详注，相得益彰。为便于读者集中注意力，沉浸式诵读，正文部分只对必要的字词进行简注。后附有针对各篇的详注，以便于读者进一步理解。每页上方标有篇码。正文篇码与解注篇码标识一致，互为阴阳设计，以便于读者逐篇查找相关内容。

4. 准确诵读，规范引领。特邀请中国传媒大学播音主持艺术学院的专家进行诵读。正确的朗读，有助于正确的理解。铿锵悦耳的古诗文音韵魅力，可以加深印象，帮助记忆，从而达到诵读的效果。

5. 科学护眼，方便阅读。按照国家2022年的新要求，通篇字体主要使用楷体、宋体，字号以四号为基本字号。同时，为求字距疏朗，选用大开本；为求色泽柔和，选用暖色调淡红色并采用双色印刷。

读千古美文　做少年君子

20多年前，一句"读千古美文，做少年君子"的行动口号，一个"直面经典，不求甚解，但求熟背，终身受益"的操作理念，一套"经典原文，历代名篇，拼音注音，版本从众"的系列读本，一批以"激活传统，继往开来，素质教育，人文为本"为己任的教师辅导员，一台"以朗诵为主，诵演唱并茂"的古诗文诵读汇报演出……活跃在百十个城市、千百个县乡、几万所学校、几百万少年儿童中间，劳动了几千万家长，形成一个声势浩大的"中华古诗文经典诵读工程"。

今天，我们再版被誉称为"经典小红书"的《中华古诗文读本》，续航古诗文经典诵读工程。当年的少年君子已为人父母，新一代再起书声琅琅，而在这琅琅书声中成长起来的人们，在他们漫长的一生中，将无数次体会到历史化作诗文词句和情感旋律在心中复活……

从孔子到我们，2500年的时间之风吹皱了无数代中华儿女的脸颊。但无论遇到什么，哪怕是在历史的寒风中，只要我们静下心来，从利害得失的计较中，甚至从生死成败的挣扎中抬起头来，我们总会看到一抹阳光。阳光下，中华文化的山峰屹立，我们迎面精神的群山——先秦诸子，汉赋华章，魏晋风骨，唐诗宋词，理学元曲，明清小说……一座座青山相连！无论你身在何处，无论你所处的境遇如何，一个真正文化意义上的中国人，只要你立定脚跟，背后山头飞不去！

陈越光

2023 年 1 月 8 日

★陈越光：中国文化书院院长、西湖教育基金会理事长

激活传统　继往开来

　　21世纪来临了，谁也不可能在一张白纸上描绘新世纪。21世纪不仅是20世纪的承接，而且是以往全部历史的承接。江泽民主席在访美演讲中说："中国在自己发展的长河中，形成了优良的历史文化传统。这些传统，随着时代变迁和社会进步获得扬弃和发展，对今天中国的价值观念、生活方式和中国的发展道路，具有深刻的影响。"激活传统，继往开来，让21世纪的中国人真正站在五千年文化的历史巨人肩上，面向世界，开创未来。可以说，这是我们应该为新世纪做的最重要的工作之一。

　　为此，中国青少年发展基金会在成功地推展"希望工程"的基础上，又将推出一项"中华古诗文经典诵读工程"。该项活动以组织少年儿童诵读、熟背中国经典古诗文的方式，让他们在记忆力最好的时候，以最便捷的方式，获得古诗文经典的基本熏陶和修养。根据"直面经典、有取有舍、版本从众"的原则，经专家推荐，我们选编了300余篇经典古诗文，分12册出版。能熟背这些经典，可谓有了中国文化的基本修养。据我们在上千名小学生中试验，每天诵读20分钟，平均三五天即可背诵一篇古文。诵读数年，终身受益。

　　背诵是儿童的天性。孩子们脱口而出的各种广告语、影视台词等，都是所谓"无意识记忆"。有心理学家指出，人的记忆力在儿童时期发展极快，到13岁达到最高峰。此后，主要是理解力的增强。所以，在记忆力最好的时候，少记点广告词，多背点经典，不求甚解，但求熟背，是在做一种终生可以去消化、理解的文化准备。这很难是儿童自己的选择，主要是家长的选择。

有的大学毕业生不会写文章，这是许多教育工作者不满的现状。中国的语言文字之根在古诗文经典，这些千古美文就是最好的范文。学习古诗文经典的最好方法就是幼时熟背。现在的学生们往往在高中、大学时期为文言文伤脑筋，这时内有考试压力，外有挡不住的诱惑，可谓既有"丝竹之乱耳"，又有"案牍之劳形"，此时再来背古诗文难道不是事倍功半吗？这一点等到学生们认识到往往已经晚了，师长们的远见才能避免"亡羊补牢"。

读千古美文，做少年君子。随着"中华古诗文经典诵读工程"的逐年推广，一代新人的成长，将不仅仅受益于千古美文的文学滋养——"天下为公"的理念；"宁为玉碎，不为瓦全"的风骨；"先天下之忧而忧，后天下之乐而乐"的胸怀；"富贵不能淫，贫贱不能移，威武不能屈"的操守；"位卑未敢忘忧国"的精神；"无为而无不为"的智慧；"己所不欲，勿施于人""己欲立而立人，己欲达而达人"的道德原则……这一切，都将成为新一代中国人重建人生信念的精神源泉。

愿有共同热情的人们，和我们一起来开展这项活动。我们只需做一件事：每周教孩子背几首古诗或一篇五六百字的古文经典。

书声琅琅，开卷有益；文以载道，继往开来！

陈越光

1998 年 1 月 18 日

★陈越光时任中国青少年发展基金会社区文化委员会主任、中国文化书院副院长。

与先贤同行　做强国少年

中华优秀传统文化源远流长，博大精深，是中华民族的宝贵精神矿藏。在这悠久的历史长河中，先后涌现出无数的先贤，这些先贤创作了卷帙浩繁的国学经典。回望先贤，回望经典，他们如星月，璀璨夜空；似金石，掷地有声；若箴言，醍醐灌顶。

为弘扬中华民族优秀传统文化，让广大青少年汲取中华优秀传统文化的养分，中国青少年发展基金会遵循习近平总书记寄语希望工程重要精神，结合新时代新要求，在二十世纪九十年代开展"中华古诗文经典诵读活动"的基础上，创新形式传诵国学经典，努力为青少年成长发展提供新助力、播种新希望。

"天行健，君子以自强不息；地势坤，君子以厚德载物。"与先贤同行，做强国少年。我们相信，新时代青少年有中华优秀传统文化的滋养，不仅能提升国学素养，美化青少年心灵，也必然增强做中国人的志气、骨气、底气，努力成长为强国时代的栋梁之材。

郭美荐

2023 年 1 月 16 日

★郭美荐：中国青少年发展基金会党委书记、理事长

目录

目录

目录

《论语》八章

一 ★

子曰：“学而时^①习之，不亦说^②乎？有朋自远方来，不亦乐乎？人不知而不愠^③，不亦君子乎？”

选自《学而篇第一》

二 ★

子曰：“学而不思则罔^④，思而不学则殆^⑤。”

选自《为政篇第二》

---

①时：按时。 ②说：同“悦”，愉快。 ③愠：怨恨。 ④罔：迷茫。
⑤殆：通“怠”，倦怠，一说指危险。

1

三

子曰："士志于道，而耻恶^⑥衣恶食者，未足与议^⑦也。"

选自《里仁篇第四》

四

子曰："不患无位^⑧，患所以立^⑨。不患莫己知，求为可知也。"

选自《里仁篇第四》

五 ★

子曰："三人行，必有我师焉。择

---

⑥恶：粗劣。 ⑦议：商议，谋虑。 ⑧位：职位。 ⑨立：立足，即立于其位。

1

qí shàn zhě ér cóng zhī　　　qí bú shàn zhě ér gǎi zhī
其善者而从⑩之，其不善者而改之。"

xuǎn zì　　shù ér piān dì qī
选自《述而篇第七》

六

zǐ yuē　　　hòu shēng kě wèi　　　yān zhī lái zhě zhī bù
子曰："后生可畏⑪，焉知来者之不

rú jīn yě　　sì shí　　wǔ shí ér wú wén yān　　sī yì bù
如今也？四十、五十而无闻⑫焉，斯亦不

zú wèi yě yǐ
足畏也已。"

xuǎn zì　　zǐ hǎn piān dì jiǔ
选自《子罕篇第九》

七

huò yuē　　　yǐ dé bào yuàn　　hé rú　　　zǐ yuē
或⑬曰："以德报⑭怨，何如？"子曰：

hé yǐ bào dé　　yǐ zhí bào yuàn　　yǐ dé bào dé
"何以报德？以直报怨，以德报德。"

xuǎn zì　　xiàn wèn piān dì shí sì
选自《宪问篇第十四》

---

⑩从：依从，学习。　⑪畏：敬畏，心服。　⑫无闻：没有声望。
⑬或：有人。　⑭报：回答，回报。

八

kǒng zǐ yuē　　jūn zǐ yǒu jiǔ sī⑮　　shì sī míng
孔子曰：“君子有九思⑮：视思明，

tīng sī cōng　　sè sī wēn　　mào sī gōng　　yán sī zhōng
听思聪，色思温，貌思恭，言思忠，

shì sī jìng　　yí sī wèn　　fèn⑯ sī nàn⑰　　jiàn dé sī
事思敬，疑思问，忿⑯思难⑰，见得思

yì
义。”

xuǎn zì　　jì shì piān dì shí liù
选自《季氏篇第十六》

---

⑮思：考虑，思虑。　⑯忿：发怒。　⑰难：后患。

《老子》三章

一 ★

知人者智①，自知者明②。胜人者有力，自胜者强③。知足者富，强行者有志。不失其所④者久，死而不亡者寿。

选自《上篇道经三十三章》

二

大成若缺，其用不弊⑤。大盈⑥若冲⑦，其用不穷。大直若屈，大巧若

---

①智：机智。 ②明：高明。 ③强：坚强，果决。 ④所：处所，这里指根基。 ⑤弊：破损，衰竭。 ⑥盈：充实。 ⑦冲：空虚。

2

zhuō dà biàn ruò nè zào shèng hán jìng shèng rè qīng
拙，大辩⑧若讷⑨。躁胜寒，静胜热，清

jìng wéi tiān xià zhèng
静为天下正。

xuǎn zì xià piān dé jīng sì shí wǔ zhāng
选自《下篇德经四十五章》

三

xìn yán bù měi měi yán bú xìn shàn zhě bú biàn
信言⑩不美，美言不信；善者⑪不辩，

biàn zhě bú shàn zhī zhě bù bó bó zhě bù zhī shèng
辩者不善；知者⑫不博，博者不知。圣

rén bù jī jì yǐ wèi rén jǐ yù yǒu jì yǐ yǔ
人不积，既以为人⑬，己愈有；既以与

rén jǐ yù duō tiān zhī dào lì ér bú hài shèng
人⑭，己愈多。天之道，利而不害；圣

rén zhī dào wéi ér bù zhēng
人之道，为而不争。

xuǎn zì xià piān dé jīng bā shí yī zhāng
选自《下篇德经八十一章》

---

⑧大辩：能言善辩。 ⑨讷：说话迟钝。 ⑩信言：真话。 ⑪善者：善良的人。⑫知者：真正了解的人，有真知的人。⑬为人：有为于人，指帮助别人。 ⑭与人：给予别人。

《孟子》三则

一

得道者多助，失道者寡①助。寡助之至，亲戚畔②之；多助之至，天下顺③之。以天下之所顺，攻亲戚之所畔，故君子有不战，战必胜矣。

选自《公孙丑下》

二 ★

居天下之广居，立天下之正位，行天下之大道。得志④，与民由之；不得

---

①寡：少。　②畔：通"叛"，背叛，反对。　③顺：顺从。④得志：实现志向。

志，独行其道。富贵不能淫⑤，贫贱不
能移⑥，威武不能屈。此之谓大丈夫。

选自《滕文公下》

三 ★

天将降大任⑦于是⑧人也，必先苦其
心志，劳其筋骨，饿其体肤，空乏其
身，行拂⑨乱其所为，所以动心忍性，
曾⑩益其所不能。

人恒⑪过，然后能改；困于心，衡⑫
于虑，而后作；征⑬于色，发于声，而

---

⑤淫：扰乱。　⑥移：动摇。　⑦大任：重大任务。　⑧是：这。
⑨拂：违背。　⑩曾：通"增"，增加。　⑪恒：经常。　⑫衡：通"横"，
阻塞，不顺。　⑬征：征验，表现。

hòu yù　　 rù zé wú fǎ jiā bì shì　 chū zé wú dí guó
后喻。入⑭则无法家拂⑯士，出⑯则无敌国

wài huàn zhě　　 guó héng wáng　　 rán hòu zhī shēng yú yōu huàn ér
外患者，国恒亡。然后知生于忧患而

sǐ yú ān lè yě
死于安乐也。

xuǎn zì　　 gào zǐ xià
选自《告子下》

---

⑭入：在国内。　⑮拂：通"弼"，辅佐。　⑯出：在国外。

《庄子》一则 ★

北冥^①有鱼，其名为鲲。鲲之大，不知其几千里也；化而为鸟，其名为鹏。鹏之背，不知其几千里也；怒^②而飞，其翼若垂天^③之云。是鸟也，海运^④则将徙^⑤于南冥。南冥者，天池也。《齐谐》者，志怪者也。《谐》之言曰："鹏之徙于南冥也，水击三千里，抟^⑥扶摇而上者九万里，去以六月息^⑦者也。"野马也，

---

①冥：通"溟"，海。 ②怒：振奋，这里指鼓动翅膀。 ③垂天：天边。
④海运：海动，海水翻动。 ⑤徙：迁往。 ⑥抟：环绕。 ⑦息：气息，指风。

chén āi yě　　shēng wù zhī yǐ xī xiāng chuī yě　　tiān zhī
尘埃也，生物之以息相吹也。天之

cāng cāng　　qí zhèng sè yé　　qí yuǎn ér wú suǒ zhì jí
苍苍⑧，其正色⑨邪？其远而无所至极

yé　　qí shì xià yě　　yì ruò shì zé yǐ yǐ
邪？其视下也，亦若是则已矣。

xuǎn zì　xiāo yáo yóu dì yī
选自《逍遥游第一》

_____

⑧苍苍：深青色。　⑨正色：真正的颜色。

11

《孙子》一则
sūn zǐ　　　　yì zé

凡用兵之法，全①国为上，破②国次
fán yòng bīng zhī fǎ　　quán guó wéi shàng　　pò guó cì

之；全军为上，破军次之；全旅为
zhī　　quán jūn wéi shàng　　pò jūn cì zhī　　quán lǚ wéi

上，破旅次之；全卒为上，破卒次
shàng　　pò lǚ cì zhī　　quán zú wéi shàng　　pò zú cì

之；全伍为上，破伍次之。
zhī　　quán wǔ wéi shàng　　pò wǔ cì zhī

是故百战百胜，非善之善③者也；
shì gù bǎi zhàn bǎi shèng　　fēi shàn zhī shàn zhě yě

不战而屈④人之兵，善之善者也。故上
bú zhàn ér qū rén zhī bīng　　shàn zhī shàn zhě yě　　gù shàng

兵伐⑤谋，其次伐交，其次伐兵，下政
bīng fá móu　　qí cì fá jiāo　　qí cì fá bīng　　xià zhèng

攻城。攻城之法，为不得已。
gōng chéng　　gōng chéng zhī fǎ　　wéi bù dé yǐ

故知胜有五：知可以战与不可以
gù zhī shèng yǒu wǔ　　zhī kě yǐ zhàn yǔ bù kě yǐ

---

①全：完整，保全。　②破：击破。　③善之善：最善，即最高明。
④屈：使屈服。　⑤伐：破坏，挫败。

战者胜，识众寡之用者胜，上下同
欲⑥者胜，以虞⑦待不虞者胜，将能而君
不御者胜。此五者，知胜之道也。故
曰：知彼知己，百战不殆⑧；不知彼而知
己，一胜一负；不知彼不知己，每战
必殆。

选自《谋攻篇》

⑥同欲：同心同德。　⑦虞：事先有准备。　⑧殆：危险。

6

《荀子》一则

君子曰：学不可以已①。

青，取之于蓝，而青于蓝；冰，水为之，而寒于水。木直中②绳，𫐓③以为轮，其曲中规。虽有④槁⑤暴⑥，不复挺⑦者，𫐓使之然也。故木受绳则直，金就砺⑧则利，君子博学而日参⑨省乎己，则知⑩明而行无过矣。

吾尝终日而思矣，不如须臾⑪之所

---

①已：停止。 ②中：合于。 ③𫐓：通"煣"，用火烤木材使之弯曲。
④有：通"又"，再次。 ⑤槁：使干枯。 ⑥暴：同"曝"，晒。 ⑦挺：伸直。 ⑧砺：磨刀石。 ⑨参：检查、检验。 ⑩知：同"智"，智慧。
⑪须臾：片刻。

学也；吾尝跂⑫而望矣，不如登高之博见也。登高而招⑬，臂非加长也，而见者远；顺风而呼，声非加疾也，而闻者彰⑭。假⑮舆马者，非利足也，而致千里；假舟楫者，非能水也，而绝⑯江河。君子生⑰非异也，善假于物也。

积土成山，风雨兴焉；积水成渊，蛟龙生焉；积善成德，而神明自得，圣心备焉。故不积跬⑱步，无以至千里；不积小流，无以成江海。骐骥一跃，不能十步；驽马十驾，功在不

⑫跂：抬起脚后跟站着。　⑬招：招手。　⑭彰：清楚。　⑮假：借助。
⑯绝：渡过，跨越。　⑰生：同"性"，本性。　⑱跬：半步。

6

舍。锲^⑲而舍之，朽木不折；锲而不舍，

金石可镂^⑳。蚓无爪牙之利，筋骨之强，

上食埃^㉑土，下饮黄泉，用心一也；蟹

六跪^㉒而二螯^㉓，非蛇蟺^㉔之穴无可寄托^㉕者，

用心躁也。

选自《劝学篇》

---

⑲锲：用刀刻。 ⑳镂：雕刻，这里指刻透。 ㉑埃：灰尘。 ㉒六跪：六只脚。蟹实为八脚二螯。跪，脚。 ㉓螯：螃蟹身前的钳形大爪。 ㉔蟺：同"鳝"，黄鳝。 ㉕寄托：安置，安身。

7

《战国策》一则 ★
(zhàn guó cè) (yì zé)

邹忌修①八尺有余，形貌昳丽②。朝
(zōu jì xiū) (bā chǐ yǒu yú) (xíng mào yì lì) (zhāo)

服③衣冠，窥镜，谓其妻曰："我孰④与城
(fú) (yī guān) (kuī jìng) (wèi qí qī yuē) (wǒ shú yǔ chéng)

北徐公美？"其妻曰："君美甚，徐公何
(běi xú gōng měi) (qí qī yuē) (jūn měi shèn) (xú gōng hé)

能及⑤君也？"城北徐公，齐国之美丽
(néng jí jūn yě) (chéng běi xú gōng) (qí guó zhī měi lì)

者也。忌不自信，而复问其妾曰："吾
(zhě yě) (jì bú zì xìn) (ér fù wèn qí qiè yuē) (wú)

孰与徐公美？"妾曰："徐公何能及君
(shú yǔ xú gōng měi) (qiè yuē) (xú gōng hé néng jí jūn)

也？"旦日⑥，客从外来，与坐谈，问之
(yě) (dàn rì) (kè cóng wài lái) (yǔ zuò tán) (wèn zhī)

客曰："吾与徐公孰美？"客曰："徐
(kè yuē) (wú yǔ xú gōng shú měi) (kè yuē) (xú)

公不若君之美也。"明日徐公来，孰
(gōng bú ruò jūn zhī měi yě) (míng rì xú gōng lái) (shú)

①修：长，指身高。 ②昳丽：光艳美丽。 ③服：穿戴。 ④孰：谁，哪个。 ⑤及：比得上。 ⑥旦日：第二天。

17

视^⑦之，自以为不如，窥镜而自视，又弗如远甚。暮寝^⑧而思之，曰："吾妻之美我者，私^⑨我也；妾之美我者，畏我也；客之美我者，欲有求于我也。"

于是入朝见威王，曰："臣诚知不如徐公美。臣之妻私臣，臣之妾畏臣，臣之客欲有求于臣，皆以美于徐公。今齐地方千里，百二十城，宫妇左右莫不私王，朝廷之臣莫不畏王，四境之内莫不有求于王：由此观之，王之蔽^⑩甚矣。"

---

⑦孰视：同"熟视"，仔细端详。 ⑧寝：躺在床上休息。 ⑨私：偏爱。 ⑩蔽：指所受的蒙蔽。

王曰："善。"乃下令："群臣吏民能面刺⑪寡人之过者，受上赏；上书谏⑫寡人者，受中赏；能谤讥⑬于市朝，闻寡人之耳者，受下赏。"令初下，群臣进谏，门庭若市；数月之后，时时而间进；期年⑭之后，虽欲言，无可进者。燕、赵、韩、魏闻之，皆朝于齐。此所谓战胜于朝廷。

选自《齐策一》

---

⑪面刺：当面指责。 ⑫谏：直言规劝。 ⑬谤讥：批评议论。
⑭期年：一年。

8

桃花源记 ★
陶渊明

晋太元中，武陵人捕鱼为业。

缘①溪行，忘路之远近。忽逢桃花林，

夹岸②数百步，中无杂树，芳草鲜美，

落英③缤纷。渔人甚异之，复前行，欲

穷④其林。

林尽水源，便得一山，山有小口，

仿佛若有光。便舍船，从口入。初极

狭，才通人⑤。复行数十步，豁然开朗。

---

①缘：沿着。　②夹岸：两岸。　③落英：落花。　④穷：尽，这里指找到尽头。　⑤通人：指仅能通过一个人的空间。

土地平旷，屋舍俨然⑥，有良田、美池、桑竹之属。阡陌交通，鸡犬相闻。其中往来种作⑦，男女衣着，悉如外人。黄发垂髫，并怡然自乐。

见渔人，乃大惊，问所从来。具⑧答之。便要⑨还家，设酒杀鸡作食。村中闻有此人，咸⑩来问讯。自云先世避秦时乱，率妻子邑人来此绝境，不复出焉，遂与外人间隔。问今是何世，乃⑪不知有汉，无论魏晋。此人一一为具言所闻，皆叹惋⑫。余人各复延⑬至其家，皆出酒

---

⑥俨然：整齐的样子。 ⑦种作：耕田劳作。 ⑧具：通"俱"，全，都，尽。 ⑨要：通"邀"，邀请。 ⑩咸：都。 ⑪乃：竟然。 ⑫叹惋：感叹惋惜。 ⑬延：邀请。

食。停数日，辞去。此中人语云："不
足为外人道也。"

既出，得其船，便扶⑭向路⑮，处处
志⑯之。及⑰郡下，诣⑱太守，说如此。太
守即遣人随其往，寻向所志，遂迷，
不复得路。

南阳刘子骥，高尚士也，闻之，
欣然规⑲往。未果，寻⑳病终。后遂无问
津者。

---

⑭扶：沿着。　⑮向路：原来的路。　⑯志：做标记。　⑰及：到了。

⑱诣：到，指拜见。　⑲规：规划，打算。　⑳寻：不久。

9

马 说 ★

韩 愈

世有伯乐，然后有千里马。千里马常有，而伯乐不常有。故虽有名马，祇①辱于奴隶人之手，骈②死于槽枥之间，不以千里称也。

马之千里者，一食③或尽④粟一石。食⑤马者不知其能千里而食也。是马也，虽有千里之能，食不饱，力不足，才美不外见⑥，且欲与常马等⑦不可得，安求其能千里也？

---

①祇：只是，仅仅。 ②骈：并列。 ③一食：一顿饭食。 ④尽：吃掉。
⑤食：喂养。 ⑥见：同"现"，显现。 ⑦等：等同，指等量齐观。

策⑧之不以其道，食之不能尽其材，
鸣之而不能通其意，执策⑨而临⑩之，
曰："天下无马！"呜呼！其真无马邪？
其真不知马也。

---

⑧策：驾驭。　⑨策：马鞭。　⑩临：面对。

陋室铭 ★
lòu shì míng

刘禹锡
liú yǔ xī

山不在高，有仙则名①。水不在深，有龙则灵。斯②是陋室，惟吾德馨③。苔痕上阶绿，草色入帘青。谈笑有鸿儒，往来无白丁。可以调④素琴，阅金经。无丝竹之乱耳，无案牍之劳形⑤。南阳诸葛庐，西蜀子云亭。孔子云：何陋之有？

①名：知名，著名。 ②斯：这。 ③德馨：德行美好。 ④调：调弄，这里指弹奏。 ⑤劳形：劳碌身心。

11

岳阳楼记★

范仲淹

庆历四年春，滕子京谪①守②巴陵郡。越明年③，政通人和，百废具兴，乃重修岳阳楼，增其旧制④，刻唐贤今人诗赋于其上。属⑤予作文以记之。

予观夫巴陵胜状⑥，在洞庭一湖。衔⑦远山，吞长江，浩浩汤汤⑧，横无际涯，朝晖夕阴，气象万千，此则岳阳楼之大观⑨也，前人之述备矣。然

---

①谪：贬谪，贬官。 ②守：出任州郡的长官。 ③越明年：到了明年。 ④旧制：原有的规模。 ⑤属：同"嘱"，嘱托。 ⑥胜状：佳境，美景。⑦衔：衔接。⑧汤汤：水势浩大的样子。⑨大观：雄伟景观。

则北通巫峡，南极⑩潇湘，迁客骚人，多会于此，览物之情，得无异乎？

若夫霪雨⑪霏霏，连月不开，阴风怒号，浊浪排⑫空，日星隐曜⑬，山岳潜形，商旅不行，樯倾楫摧，薄⑭暮冥冥，虎啸猿啼。登斯楼也，则有去国⑮怀乡，忧谗畏讥，满目萧然⑯，感极而悲者矣。

至若春⑰和景⑱明，波澜不惊，上下天光，一碧万顷，沙鸥翔集，锦鳞⑲游泳，岸芷汀兰，郁郁青青。而或长烟

⑩极：尽，远通。　⑪霪雨：连绵的细雨。　⑫排：冲向。　⑬曜：光辉。
⑭薄：迫近。　⑮去国：离开国都，指被贬官。　⑯萧然：萧条凄凉的样子。　⑰春：指春风。　⑱景：指日光。　⑲锦鳞：美丽的鱼。

一空，皓月千里，浮光跃金，静影沉璧，渔歌互答，此乐何极！登斯楼也，则有心旷神怡，宠辱偕⑳忘，把酒临风，其喜洋洋者矣。

嗟夫！予尝求㉑古仁人之心，或异二者之为，何哉？不以物喜，不以己悲，居庙堂之高则忧其民，处江湖之远则忧其君。是进亦忧，退亦忧。然则何时而乐耶？其必曰"先天下之忧而忧，后天下之乐而乐"乎！噫！微㉒斯人，吾谁与归？时六年九月十五日。

⑳偕：皆。　㉑求：探求。　㉒微：没有。

12

卖油翁 ★

欧阳修

陈康肃公善射，当世无双①，公亦以此自矜②。尝③射于家圃，有卖油翁释担④而立，睨⑤之久而不去。见其发矢⑥十中八九，但微颔⑦之。

康肃问曰："汝亦知射乎？吾射不亦精乎？"翁曰："无他，但手熟尔。"康肃忿然⑧曰："尔安敢轻吾射！"翁曰："以我酌⑨油知之。"乃取一葫芦置于地，

---

①无双：无与伦比。 ②矜：骄傲，夸耀。 ③尝：曾经。 ④释担：放下扁担。 ⑤睨：斜眼看。 ⑥矢：箭。 ⑦颔：点头。 ⑧忿然：愤怒的样子。 ⑨酌：倒。

以钱覆其口，徐以杓^⑩酌油沥^⑪之，自钱
孔入，而钱不湿。因^⑫曰："我亦无他，
惟手熟尔。"康肃笑而遣之^⑬。

⑩杓：同"勺"，舀东西的器具。　⑪沥：向下滴。　⑫因：于是。
⑬遣之：让他离开了。

ài lián shuō
爱莲说★

zhōu dūn yí
周敦颐

shuǐ lù cǎo mù zhī huā　　　kě ài zhě shèn fán　　jìn
水陆草木之花，可爱者甚蕃①。晋

táo yuān míng dú ài jú　　zì lǐ táng lái　　shì rén shèn ài
陶渊明独爱菊。自李唐来，世人甚爱

mǔ dān　　　yú dú ài lián zhī chū yū ní ér bù rǎn
牡丹。予独爱莲之出淤泥而不染，

zhuó qīng lián ér bù yāo　　zhōng tōng wài zhí　　bú màn bù
濯②清涟③而不妖④，中通外直，不蔓不

zhī　　xiāng yuǎn yì qīng　　tíng tíng jìng zhí　　kě yuǎn guān ér
枝，香远益⑤清，亭亭净植，可远观而

bù kě xiè wán yān
不可亵玩⑥焉。

yú wèi jú　　huā zhī yǐn yì zhě yě　　mǔ dān　huā
予谓菊，花之隐逸者也；牡丹，花

zhī fù guì zhě yě　　lián　huā zhī jūn zǐ zhě yě　　yī
之富贵者也；莲，花之君子者也。噫⑦！

---

①蕃：多。　②濯：洗涤。　③涟：水面微波，这里指水。　④妖：妖艳。
⑤益：更加。　⑥亵玩：轻慢玩弄。　⑦噫：叹词，表示叹息。

菊之爱，陶后鲜有闻。莲之爱，同予者何人？牡丹之爱，宜乎⑧众矣。

---

⑧宜乎：大概。

卖柑者言

刘 基

杭有卖果者，善藏柑，涉①寒暑不溃。出之烨然②，玉质而金色。置于市，贾③十倍，人争鬻④之。

予贸⑤得其一，剖之，如有烟扑口鼻；视其中，则干若败絮。予怪而问之曰："若所市⑥于人者，将以实笾豆、奉祭祀、供宾客乎？将炫外以惑愚瞽⑦也？甚矣哉，为欺也！"

---

①涉：经过。 ②烨然：鲜艳光亮的样子。 ③贾：同"价"，价格。
④鬻：本义是卖，这里指买。 ⑤贸：买。 ⑥市：卖。 ⑦瞽：盲人。

14

卖者笑曰："吾业是^⑧有年矣，吾赖是以食^⑨吾躯。吾售之，人取之，未尝有言，而独不足子所乎？世之为欺者不寡矣，而独我也乎？吾子未之思也。今夫佩虎符、坐皋比者，洸洸乎^⑩干城之具也，果能授^⑪孙吴之略^⑫耶？峨大冠、拖长绅者，昂昂乎^⑬庙堂之器也，果能建伊皋之业耶？盗起而不知御，民困而不知救，吏奸而不知禁，法斁^⑭而不知理，坐縻^⑮廪粟而不知耻。观其坐高堂、骑大马、醉醇醴而饫^⑯肥鲜者，孰

---

⑧业是：以此为业。 ⑨食：喂食，养活。 ⑩洸洸乎：威武的样子。 ⑪授：教，拿出。 ⑫略：谋略。 ⑬昂昂乎：气宇轩昂的样子。 ⑭斁：败坏。 ⑮縻：同"靡"，浪费。 ⑯饫：饱食。

不巍巍乎可畏，赫赫乎可象⑰也？又何
往而不金玉其外，败絮其中也哉？今
子是之不察⑱，而以察吾柑！"

予默默无以应。退而思其言，类
东方生滑稽⑲之流，岂其愤世疾邪者
耶？而托于柑以讽⑳耶？

---

⑰象：效法。 ⑱察：考察。 ⑲滑稽：原意为流酒器，可以不断注
酒吐酒，源源不断，引申为人能言善辩，言辞犀利，又不失诙谐
幽默的样子。⑳讽：用婉言劝说。

15

《诗经》一首 ★
shī jīng　　yì shǒu

芣 苢
fú　yǐ

采采①芣苢，薄②言③采之。
cǎi cǎi fú yǐ　　bó yán cǎi zhī

采采芣苢，薄言有④之。
cǎi cǎi fú yǐ　　bó yán yǒu zhī

采采芣苢，薄言掇⑤之。
cǎi cǎi fú yǐ　　bó yán duō zhī

采采芣苢，薄言捋⑥之。
cǎi cǎi fú yǐ　　bó yán luō zhī

采采芣苢，薄言袺⑦之。
cǎi cǎi fú yǐ　　bó yán jié zhī

采采芣苢，薄言襭⑧之。
cǎi cǎi fú yǐ　　bó yán xié zhī

选自《国风·周南》
xuǎn zì　　guó fēng　　zhōu nán

---

①采采：采了又采。　②薄：发语词，含有勉力之意。　③言：语助词。　④有：占有，一说指取。　⑤掇：拾取。　⑥捋：用手扯之，即从茎上成把地抹下来。　⑦袺：用手捏着衣襟揣起来。　⑧襭：用衣襟角系在衣带上兜着。

国 殇

屈 原

操①吴戈兮被②犀甲，车错③毂兮短兵接。旌蔽日兮敌若云，矢交坠兮士争先。凌④余阵兮躐⑤余行⑥，左骖殪⑦兮右刃伤。霾⑧两轮兮絷⑨四马，援⑩玉枹兮击鸣鼓。天时坠兮威灵怒，严杀⑪尽兮弃原野。

出不入兮往不反⑫，平原忽⑬兮路超

---

①操：手持。 ②被：同"披"，披挂,佩带。 ③错：交错。 ④凌：侵犯。
⑤躐：践踏。 ⑥行：军队的行列。 ⑦殪：死亡。 ⑧霾：通"埋"，掩
埋。 ⑨絷：绊住,指拴住马足。 ⑩援：持,拿。 ⑪严杀：残酷杀
戮。 ⑫反：同"返"，返回。 ⑬忽：恍惚不明,渺茫。

16

远。带长剑兮挟⑭秦弓，首身离兮心不

惩⑮。诚既勇兮又以武⑯，终刚强兮

不可凌。身既死兮神以灵，子魂魄兮

为鬼雄。

---

⑭挟：握着，一说"夹持"。 ⑮惩：后悔，畏惧。 ⑯武：勇武。

17

hàn yuè fǔ yì shǒu
汉乐府一首★

jiāng nán
江 南

jiāng nán kě cǎi lián　　lián yè hé tián tián
江南可采莲，莲叶何田田①。

yú xì lián yè jiān
鱼戏②莲叶间。

yú xì lián yè dōng　　yú xì lián yè xī
鱼戏莲叶东，鱼戏莲叶西，

yú xì lián yè nán　　yú xì lián yè běi
鱼戏莲叶南，鱼戏莲叶北。

---

①田田：莲叶茂盛的样子。　②戏：嬉戏。

18

送杜少府之任①蜀州 ★

王 勃

城阙辅②三秦，风烟③望五津④。

与君离别意，同是宦游⑤人。

海内存知己，天涯若比邻。

无为在歧路⑥，儿女共沾巾。

---

①任：赴任。 ②辅：护持。 ③风烟：被风扬起的烟尘。 ④津：渡口。 ⑤宦游：在外做官。 ⑥歧路：岔道，指分手之处。

19

将^①进酒 ★

李 白

君不见黄河之水天上来，奔流到海不复回。君不见高堂明镜^②悲白发，朝如青丝^③暮成雪。人生得意须尽欢，莫使金樽空对月。天生我材必有用，千金散尽还复来。烹^④羊宰牛且为乐，会须^⑤一饮三百杯。

岑夫子，丹丘生，将进酒，杯莫停。与君歌一曲，请君为我倾耳听。

①将：请。　②明镜：明亮的铜镜。　③青丝：黑发。　④烹：煮。
⑤会须：正当。

19

钟鼓馔⑥玉不足贵，但愿长醉不愿醒。

古来圣贤皆寂寞，惟有饮者留其名。

陈王昔时宴平乐，斗酒十千恣⑦欢谑⑧。

主人何为言少钱，径⑨须沽⑩取对君酌。

五花马、千金裘，呼儿将出⑪换美酒，

与尔同销万古愁。

---

⑥馔：饮食。　⑦恣：任意。　⑧欢谑：欢笑。　⑨径：直接。

⑩沽：买。　⑪将出：取出。

春望 chūn wàng ★

杜甫 dù fǔ

guó pò shān hé zài　　chéng chūn cǎo mù shēn
国破山河在，　　城春草木深。

gǎn shí huā jiàn lèi　　hèn bié niǎo jīng xīn
感时①花溅泪，　　恨②别鸟惊心。

fēng huǒ lián sān yuè　　jiā shū dǐ wàn jīn
烽火连③三月，　　家书抵④万金。

bái tóu sāo gèng duǎn　　hún yù bú shèng zān
白头搔⑤更短，　　浑欲⑥不胜⑦簪。

①时：时局，国事。　②恨：惆怅怨恨。　③连：持续。　④抵：抵得上。
⑤搔：抓，挠。　⑥浑欲：简直就要。　⑦胜：承受。

赋得古原草送别 ★
fù dé gǔ yuán cǎo sòng bié

白居易
bái jū yì

离离①原上草，一岁一枯荣②。

野火烧不尽，春风吹又生。

远芳③侵④古道，晴翠⑤接荒城。

又送王孙去，萋萋⑥满别情。

---

①离离:草茂盛的样子。 ②荣:生长,茂盛。 ③远芳:远处的绿草。 ④侵:占。 ⑤晴翠:晴空下的一片翠绿。 ⑥萋萋:草茂盛的样子。

念奴娇·赤壁怀古 ★
niàn nú jiāo · chì bì huái gǔ

苏 轼
sū shì

大江东去，浪淘①尽，千古风流人物。故垒②西边，人道是，三国周郎赤壁。乱石穿空，惊涛拍岸，卷起千堆雪。江山如画，一时多少豪杰。

遥想公瑾当年，小乔初嫁了，雄姿③英发④。羽扇纶巾，谈笑间，樯橹灰飞烟灭。故国神游⑤，多情应笑我，早生华发⑥。人生如梦，一尊还酹江月。

①淘：冲洗。　②垒：营垒。　③雄姿：雄健勇武的仪态。　④英发：神采焕发。　⑤神游：心神向往，如亲游其境。　⑥华发：花白的头发。

23

渔家傲 ★

李清照

天接云涛连晓雾①，星河欲转千帆舞。仿佛梦魂归帝所，闻天语，殷勤②问我归何处。

我报③路长嗟④日暮，学诗谩⑤有惊人句。九万里风鹏正举。风休住，蓬舟吹取三山去！

---

①晓雾:拂晓的雾霭。 ②殷勤:情意恳切。 ③报:回答。 ④嗟:叹词，表示感叹。 ⑤谩:徒然。

24

guò líng dīng yáng
过零丁洋 ★

wén tiān xiáng
文天祥

xīn kǔ zāo féng qǐ yì jīng
辛苦遭逢①起②一经，

gān gē liáo luò sì zhōu xīng
干戈寥落③四周星。

shān hé pò suì fēng piāo xù
山河破碎风飘絮，

shēn shì fú chén yǔ dǎ píng
身世浮沉雨打萍。

huáng kǒng tān tóu shuō huáng kǒng
惶恐滩头说惶恐④，

líng dīng yáng lǐ tàn líng dīng
零丁洋里叹零丁⑤。

rén shēng zì gǔ shuí wú sǐ
人生自古谁无死？

liú qǔ dān xīn zhào hàn qīng
留取丹心⑥照汗青。

---

①遭逢：遭遇。 ②起：起用。 ③寥落：稀疏，指战斗稀少。 ④惶恐：恐惧。 ⑤零丁：孤苦。 ⑥丹心：赤诚的心。

25

临江仙

杨 慎

滚滚长江东逝①水，浪花淘尽英雄。是非成败转头②空，青山依旧在，几度③夕阳红。

白发渔樵江渚④上，惯⑤看秋月春风。一壶浊酒喜相逢，古今多少事，都付⑥笑谈中。

---

①逝：流去。　②转头：指一瞬间。　③几度：多少次。　④渚：水边。
⑤惯：习惯。　⑥付：付与。

《论语》八章

题 解

　　《论语》是最重要的儒家经典之一，书中收录的内容主要为孔子及其弟子的言语和事迹，故称"语"；其书系由孔子弟子及再传弟子"辑而论纂"即编辑整理而成，故称"论"。全书共二十篇，每篇均取首章前两字作为篇名，如《学而篇第一》《为政篇第二》等。本册所选八章均为孔子的言论，主要与学习和修身有关，其中有很多脍炙人口的成语和格言警句。

作 者

　　孔子，名丘，字仲尼，春秋末期鲁国陬邑（今山东曲阜）人。著名的思想家和教育家。他"学而不厌，诲人不倦"，开办私学，广收门徒，弟子甚众，并在长期教学实践中总结出一套行之有效的方法。他整理、编订的《诗》《书》《礼》《乐》《易》《春秋》，成为我们民族文化的经典。他的学说经过补充、改造，成为中国古代社会的正统思想，其本人也被尊奉为"圣人"。

注　释

子：本指"公、侯、伯、子、男"五等爵位之一，后也用于对男子的尊称。《论语》中凡称"子曰"的地方，其中的"子"均指孔子。此外，《论语》中提到孔子弟子有若和曾参时，也分别尊称为"有子"和"曾子"。

习：本义是"鸟数飞"，即鸟反复振翅练习飞翔，这里指练习、实习。

朋：汉儒郑玄云："同门曰朋，同志曰友。"这里的"朋"既可以理解为受业于同一师门的弟子，也可以理解为志同道合之人。

君子：《论语》中的"君子"，或指"有位者"，即统治者和贵族男子；或指"有德者"，即有道德、有修养之人。这里指"有德者"。

士：春秋时，各诸侯国的官职大致分为"卿、大夫、士"三等，"士"为其中一个等级。《论语》中的"士"，多指有一定社会地位、才学和修养的人，如《汉书·食货志》所云"学以居位曰士"。

道：这里指道义、真理。宋儒朱熹云："道者，事物当然之理。"

患所以立：担心如何在职位上立足。朱熹云："所以立，谓所以立乎其位者。"

求为可知也：追求足以使他人知道自己的事实和本领。朱熹云："可知，谓可以见知之实。"

后生：即"后我而生"，指年轻人。

焉知来者之不如今也：怎么能断定他们将来比不上现在的人呢？

以德报怨：拿恩惠来回报怨恨，这个观点见于《老子》六十三章"大小多少，报怨以德"。南朝学者皇侃云："所以不以德报怨者，若行怨而德报者，则天下皆行怨以要德报之，如此者，是取怨之道也。"

直：公平正直。朱熹云："当报而报，不当报而止，是即所谓直也。"

君子有九思：君子有九件要考虑的事情。

视思明，听思聪，色思温，貌思恭，言思忠，事思敬，疑思问，忿思难，见得思义：看要明白，听要清楚，脸色要温和，容貌仪态要恭敬，说话要忠诚老实，做事要严肃认真，有疑问要向人虚心请教，将发怒时要想到后患，看见利益要想到是否应该得到它们。

《老子》三章

题 解

　　《老子》是道家重要经典，相传由道家学派创始人老子所著。全书五千余字，共八十一章，分为上、下两篇，上篇三十七章为《道经》，下篇四十四章为《德经》，故本书又名《道德经》。书中主张自然无为，提出一种以道为核心的思想体系。这里所选三章，主要与个人修养的提升和完美人格的养成有关。

作 者

　　老子，名聃，春秋时楚国人。一说姓李，名耳，字伯阳。相传曾任周王室管理藏书的史官，孔子曾向他问礼，后退隐。他用"道"阐述宇宙万物的演变，主张道法自然、绝圣弃智、无为而治，成为道家学派的创始人。后来也被道教奉为道祖，称"太上老君"。

注 释

　　强行者有志：努力不懈的就是有志气。三国时学者王弼云："勤能行之，其志必获。"

　　不失其所者久：不丧失自己立身根基的就能够长久。
王弼云："以明自察，量力而行，不失其所，必获久长矣。"

　　死而不亡者寿：身死而精神不朽的才是永生长寿。王
弼云："虽死而以为生之，道不亡乃得全其寿。"

　　大成若缺：最完备、完美的东西，好像有残缺一样。
王弼云："随物而成，不为一象，故若缺也。"

　　躁胜寒，静胜热：运动可以御寒，安静可以耐热。

　　清静为天下正：只有清静无为才是天下万物的准则。

　　圣人不积：有道的圣人无所积藏。《老子》中的"圣人"，
指道家最高的理想人物，其基本特征如当代学者陈鼓应所
云，"体任自然，拓展内在的生命世界，扬弃一切影响身心
自由活动的束缚"。

　　天之道，利而不害：上天的道理，有利于物而无所
损害。

　　圣人之道，为而不争：圣人的道理，施助万物而不与
之相争。"圣人之道"，一作"人之道"。王弼云："顺天之
利，不相伤也。"

《孟子》三则

题　解

　　《孟子》是儒家重要经典，记录了孟子的言行。据《史记》记载，孟子为实现行"仁政"的主张，曾积极游说魏惠王、齐宣王等诸侯，但均未被采用；于是他转而以著述、教学为务，与弟子万章等人来看"序《诗》《书》，述仲尼之意"，撰成《孟子》一书。全书共七篇，每篇均取首章开头几字作为篇名。自汉儒赵岐作注后，每篇又分为上、下两卷，如《梁惠王上》《公孙丑上》等。《孟子》在宋代以前一般被列入子部儒家类，和《荀子》等书并列；后由于宋儒的大力提倡，特别是朱熹作《孟子集注》后，成为经部重要典籍，与《论语》《大学》《中庸》合称"四书"。这里所选三则均为孟子的言论，第一则强调了民心向背的重要性，后二则是关于人格修养的论述，其中的"大丈夫"形象和"生于忧患，死于安乐"的哲思，对于我们民族精神的塑造起到了关键作用。

作　者

　　孟子，名轲，字子舆，战国时邹（今山东邹城）人。

他受业于子思的弟子，因而被《荀子》列入战国时儒家八派之一的"思孟学派"。他继承并发展了孔子的思想，主张性善论，提出"民为贵，社稷次之，君为轻"的民本思想。宋代以后，孟子地位日尊，在元代被封为"邹国亚圣公"，明代嘉靖年间被正式被尊为"亚圣"，成为儒家中地位仅次于孔子的人物。

注　释

得道：拥有道义，即施行仁政。

亲戚：包括父母、兄弟在内的内外亲属。唐儒孔颖达云："亲指族内，戚指族外。"

故君子有不战，战必胜矣：所以，仁德的君主或者不战，若战则必定取胜。汉儒赵岐云："君子之道，贵不战耳。如其当战，战则胜矣。"

广居：宽广的住宅，朱熹认为指"仁"。

正位：正确的位置，朱熹认为指"礼"。

大道：光明的大路，朱熹认为指"义"。

与民由之：与百姓共同顺着大道前进。

大丈夫：有志气、有作为的人。《孟子》在本章中先评论了公孙衍、张仪等战国时叱咤风云的纵横家，认为他们的行为属于"以顺为正者，妾妇之道也"，而后提出了与之针锋相对的"大丈夫"这一经典论述。

饿其体肤：赵岐云"饿其体而瘠其肤"，即使他挨饿以致肌肤消瘦。

行拂乱其所为：使他的每个行为都被扰乱，不能如意。

动心忍性：震动他的心意，坚韧他的性情。赵岐云："动惊其心，坚忍其性，使不违仁，困而知勤。"

困于心，衡于虑，而后作：心意困苦，思虑阻塞，而后才能奋发创造。

征于色，发于声，而后喻：表现在面色上，流露于谈吐中，才能被人了解。

法家拂士：法度严明的大臣和辅佐君王的贤士。

《庄子》一则

题　解

　　《庄子》是道家重要经典，又名《南华经》。今本共三十三篇，包括内篇七篇、外篇十五篇和杂篇十一篇。一般认为内篇为庄子所撰，外篇、杂篇中可能掺杂了其弟子及后世道家的作品。《庄子》的文章汪洋恣肆，多采用寓言故事的形式，富于想象，具有浓厚的浪漫主义色彩。这里所选一则，是《庄子》首篇《逍遥游》的开头部分。该篇主旨是，人应突破功名利禄、权势地位的束缚，使精神活动臻于悠游自在、无牵无挂的"逍遥"境界。

作　者

　　庄子，名周，战国时宋国蒙人。曾做过蒙地的漆园吏。家贫，相传楚威王闻其名，厚币以迎，许以为相，但被庄子拒绝。他继承和发展了老子的思想，是道家学派的集大成者，与老子并称"老庄"。

注　释

鲲：传说中的大鱼。

化而为鸟：变化成鸟。后将人擢升高第、前途远大称为"鲲化"。

鹏：传说中的大鸟，和上文的"鲲"都是庄子虚构的形象。

天池：天然大池。唐代法师成玄英云："大海洪川，原夫造化，非人所作，故曰天池也。"

《齐谐》：书名，又简称《谐》。一说"齐谐"为人名。

志怪：记述怪异的事物。

扶摇：盘旋而上的暴风。

去以六月息者也：乘着六月的大风飞去的。

野马也，尘埃也，生物之以息相吹也：野马般的雾气，飞扬的尘埃，都是由于生物的气息互相吹拂而飘动的。

其远而无所至极邪：还是由于它太高远而没有边际的呢？

《孙子》一则

题　解

　　《孙子》又名《孙子兵法》《孙武兵法》《吴孙子兵法》，是中国古代最著名、世界现存最古老的兵书。春秋末年，孙武向吴王阖闾献上兵法十三篇，所献便是此书。今本十三篇，依次为《计》《作战》《谋攻》《形》《势》《虚实》《军争》《九变》《行军》《地形》《九地》《火攻》《用间》。《孙子》深入总结了以往的战争经验，揭示了一系列带有普遍性的军事规律，提出了许多精辟的用兵法则，历来被奉为"兵经"，在国内外备受推崇。这里所选一则出自《谋攻》篇，讲的是进攻前的计谋问题，阐发了"不战而屈人之兵"的高超战略，分析了战争中取胜的先决条件。

作　者

　　孙子，名武，字长卿，春秋时齐国人。兵家学派的奠基人。他曾被吴王阖闾拜为上将，率军打败强大的楚国。除了提出系统的军事理论外，还曾提出过一些改革图强的主张。

注　释

全国为上：使敌人举国完整地屈服、投降，这是上策。曹操云："兴师深入长驱，距其城郭，绝其内外，敌举国来服为上。"

军：古代军队的一个编制单位，据《周礼》，一万两千五百人为一军。

旅：古代军队的一个编制单位，据《周礼》，五百人为一旅。

卒：古代兵车编组的基本单位，据《周礼》，一百人为一卒，同时包含五辆兵车。

伍：古代军队最小的编制单位，据《周礼》，五人为一伍。

上兵伐谋：最高级的军事手段，是挫败敌人的谋略、计划。杜牧云："敌欲谋我，伐其未形之谋；我若伐敌，败其已成之计。"

伐交：破坏敌人的外交，使其孤立。战国时期的苏秦、张仪等纵横家主要从事此项工作。

知胜有五：可以从以下五种情况预测战争的胜负。

识众寡之用：懂得兵力多或少时该如何用兵，即擅长军事力量的配置。

将能而君不御：将领有军事才干而国君不加以干预。此即古人所说"将在外，君命有所不受"。

《荀子》一则

题 解

《荀子》是先秦时期诸子百家的重要著作，今本共三十二篇。本书以孔子为宗，又广采各家精华，具有集先秦诸子思想之大成的色彩。虽然其中一些观点与《孟子》针锋相对，但古代学者多将其视为"孔氏之支流"。《荀子》主张性恶论，强调"制天命而用之"，"其书大旨在劝学，而其学主于修礼"；文章大多论点鲜明，层次清晰，颇重辞采，且多为长篇大论。这里所选一则，出自《荀子》首篇《劝学》，旨在劝人勤奋学习，强调后天学习的重要性和环境对教育的影响，并论述了学习的态度和方法。

作 者

荀子，名况，战国末期赵国人。时人尊称他为"荀卿"，汉人避宣帝刘询名讳，又改称他为"孙卿"。年五十始游学于齐国，曾三次担任稷下学宫的祭酒。后又到了楚国，被春申君任命为兰陵（今山东兰陵）令，著书终老。荀子是一位儒学大家，法家代表人物李斯、韩非皆出自他的门下，西汉经学也多出于荀门传授。

注　释

蓝：蓼蓝，一种植物，其叶可用于制作靛青色染料。

木直中绳：木料笔直得合于墨线。绳，木工用于量曲直的工具，即墨线。

规：画圆的工具。

木受绳则直：木料打上墨线后加工才能取直。

日参省乎己：每天多次反省自己，即《论语》所说"吾日三省吾身"。

舆马：车马。舆，本义是车厢，也泛指车。

舟楫：船和桨。

蛟龙：即蛟，因形似传说中的龙，故称蛟龙。

积善成德，而神明自得，圣心备焉：积累善行养成高尚的品德，自然会心智澄明、无所不知，而圣人的思想境界也就具备了。《荀子》中提到的"圣人"，特指"积善而全"者。

跬步：古人称一举足为"跬"，即行走时两脚之间的距离，古人视为半步，相当于现在所说的一步；称两跬为"步"，相当于现在所说的两步。

骐骥：良马。

驽马：劣马。

驾：本义是把马套上车。古代用马拉车时，早晨套上车，晚上卸去，所以这里用"驾"指马拉车走一天的行程。

黄泉：地下的泉水。

7

《战国策》一则

题 解

《战国策》简称《国策》，是战国时游说之士策谋和言论的汇编，西汉末年由刘向据战国诸国史料整理、编订成书。今本共三十三篇，分为十二国。本书生动反映了战国时期各国的政治斗争和社会面貌，运用大量寓言故事和比喻来说明抽象的道理，具有较高的史料和文学价值。选文通过叙述邹忌劝齐王纳谏的故事，旨在说明广开言路在政治生活中的重要性，其中所述道理对个人的道德修养也多有裨益。

作 者

刘向，字子政，西汉沛（今江苏沛县）人。汉高祖弟楚元王刘交四世孙，曾任谏大夫、宗正等职，元帝时因弹劾宦官被捕下狱。成帝时，任光禄大夫，受命校阅经传、诸子、诗赋等书籍，撰成《别录》一书，为中国目录学之祖。除了《战国策》，刘向还整理、编订了《新序》《说苑》《列女传》等重要典籍。

注　释

邹忌：齐国人，曾以鼓琴见威王，陈述治国之道，被任命为相国，后封为成侯。

八尺：战国时一尺约等于0.23米，八尺折合为1.84米。

君：这里是妻子对丈夫的敬称。

妾：侧室，即古代男子在正妻之外所娶的女子。

客：这里指门客，寄食于贵族豪门的人。

威王：齐国君主，田氏，名因齐，公元前356年至前320年在位，任用邹忌、田忌、孙膑等文臣武将，改革政治，国力渐强。

宫妇左右：宫中的王后、嫔妃和身边的侍从。

吏民：下级官吏和百姓。

寡人：寡德之人，是古代王侯或士大夫的自谦之词。唐代以后，只有皇帝才能称"寡人"。

市朝：市集，市场，泛指公开场合。

门庭若市：宫廷内外像市集一样热闹。

时时而间进：隔一段时间，间或有人进谏。

皆朝于齐：都到齐国朝见威王。

战胜于朝廷：仅通过朝廷上的施政举措，不用出兵，就可以战胜别国。

8

陶渊明 《桃花源记》

题 解

本文是《桃花源诗》前的小序，历来被视为陶渊明晚年的代表作。本文用小说的笔法，以捕鱼人的经历展开全篇，虚构了一个风景如画、与世隔绝的美好社会，寄托了作者的政治理想。文章境界奇妙，寓意深刻，其所刻画的"桃花源"被历代文人墨客反复歌咏和称述，已成为重要的文化符号。

作 者

陶渊明，一名潜，字元亮，世称靖节先生，东晋浔阳柴桑（今江西九江）人。他是大司马陶侃的曾孙，虽系名门之后，但家道中落，只做过几任小官。任彭泽令时，因不能"为五斗米折腰"，毅然弃官归隐，以诗酒自娱。他的诗文真实自然，亲切有味，集中收录于《陶渊明集》。

注 释

太元：东晋孝武帝司马曜的年号（376—396）。

武陵：郡名，治所在临沅（今湖南常德）。

步：长度单位，周代以八尺为一步，秦代以六尺为一步，旧时营造尺以五尺为一步。

阡陌：田间纵横交错的小路。

交通：互相通达。

鸡犬相闻：鸡鸣狗叫的声音，到处都能听见。《老子》八十章云："邻国相望，鸡犬之声相闻，民至老死，不相往来。"

黄发：指老人。老人发白，白久则黄，因以"黄发"作为长寿的标志。

垂髫：指儿童。古时儿童不束发，头发下垂。髫，儿童垂下的头发。

邑人：同邑的人，即同乡。古代的城市，大曰都，小曰邑。

绝境：与世隔绝之地。

郡下：郡守府署所在地。秦统一六国后，始行郡县制，置三十六郡，每郡下辖若干县。

太守：郡的最高长官，秦时称"郡守"，汉景帝后改称"太守"。

南阳：郡名，治所在宛县（今河南南阳）。

刘子骥：名骥之，好游山水，为人"虚退寡欲，不修仪操"，是当时的著名隐士，事迹见于《晋书·隐逸传》。

高尚：高雅，不卑屈。

问津：本义是询问渡口的位置，也泛指问路，这里有访求的意思。

韩 愈 《马说》

题 解

本文原题《杂说》，原文共四篇，这里所选的是最后一篇。文章托物寄意，以千里马不遇伯乐的遭遇，抨击了统治者对人才的压抑、埋没和摧残。这篇短文文笔犀利，说理透彻，其中的"千里马常有，而伯乐不常有"一语，千百年来引发了无数人的共鸣和慨叹。

作 者

韩愈，字退之，唐代河阳（今河南孟州）人，自谓郡望昌黎，故世称韩昌黎。早孤，由兄嫂抚养成人，刻苦自学，贞元间进士及第。出仕后，曾多次因直言极谏受到贬谪，尤其是因极力谏阻宪宗迎佛骨一事，险些招来杀身之祸，被贬为潮州刺史。后任国子监祭酒，官至吏部侍郎，卒谥"文"。他在思想学术上尊崇儒学，排斥佛老，强调自尧舜至孔孟一脉相传的道统。在文学上，与柳宗元发起著名的"古文运动"，一扫六朝以来华而不实的文风，提倡文章言之有物。韩愈位列"唐宋八大家"之首，他的文章文笔雄健，气势磅礴，被后世尊为"韩文"。

注　释

伯乐：姓孙名阳，春秋秦穆公时人，擅长相马，即观察、品评马的优劣。

千里马：能日行千里的良马。

奴隶人：一本作"奴隶"，指养马的奴仆厮役。

骈死：相比连而死，即和普通的马一并死。

槽枥：指马槽一类的养马之所。

粟：谷子，去壳后称小米，也泛指粮食。

石：重量单位，一百二十斤为一石，唐时一石约为79.32千克。

不知其能千里而食也：不知道它有日行千里的才能，仅用喂养普通马的方法来喂养它。

鸣之而不能通其意：千里马鸣叫时，却不能理解叫声所表达的意思。

10

刘禹锡 《陋室铭》

题 解

《陋室铭》是一篇托物喻志的铭文、千古传诵的名作。陋室，指狭小简陋的屋子。铭，一种文体，多为韵文，往往刻于器物之上，用以称述功德或警示告诫。本文运用比兴手法引出陋室，深刻阐发了"何陋之有"的主旨，抒发了作者不慕荣华、安贫乐道的高雅情趣。

作 者

刘禹锡，字梦得，唐代洛阳（今属河南）人。贞元间进士，又登博学宏词科。曾与柳宗元等参加以王叔文为首的政治革新运动，不久失败，被贬为朗州司马。还曾因一句"玄都观里桃千树，尽是刘郎去后栽"触怒新贵，被贬官在外十余年。官至集贤殿学士，因做过太子宾客，世称"刘宾客"。刘禹锡反对"天命论"，提出了"天与人交相胜"的思想。文章简练深刻，长于说理，于韩愈、柳宗元外自成一家。诗作雅健清新，善写民歌体，在唐诗中别开生面。

注　释

有龙则灵：只要藏有蛟龙，就会显示威灵。即《荀子·劝学》所云："积水成渊，蛟龙生焉。"

苔：苔藓类植物，如青苔等。

鸿儒：大儒，泛指博学之士。《论衡·超奇》云："能精思著文连结篇章者为鸿儒。"

白丁：白身，指平民、没有功名的人。

素琴：不加装饰的琴。

金经：指用泥金颜料书写的佛教、道教经卷。

丝竹：本指"金、石、丝、竹、匏、土、革、木"八音中的两种，即琴瑟、箫管等乐器，这里指管弦之乐。

案牍：官府文书。

南阳：这里指诸葛亮自述"躬耕于南阳"之地，一般认为在今湖北襄阳一带。

诸葛庐：诸葛亮的草庐，即刘备"三顾茅庐"之处。

西蜀：指今四川西部。

子云亭：扬雄的亭子。扬雄，字子云，西汉著名文学家、思想家，曾仿《论语》撰《法言》，仿《周易》撰《太玄》。

何陋之有：有什么简陋呢？出自《论语·子罕》："君子居之，何陋之有?"

范仲淹 《岳阳楼记》

题 解

本文作于宋仁宗庆历六年（1046），是范仲淹应友人滕宗谅之请，为记述重修岳阳楼之事而撰写的。此时范仲淹因前一年"庆历新政"的失败，正贬居河南邓州，其身份恰如文中所述的"迁客"和"去国怀乡""处江湖之远"者。文中生动描述了岳阳楼的自然风光，并将作者"先天下之忧而忧，后天下之乐而乐"的远大抱负融入其中。

作 者

范仲淹，字希文，北宋苏州吴县（今江苏苏州）人。二岁而孤，在母亲的艰辛培育和他自己"断齑画粥"的发奋读书下得以成才，于大中祥符年间中进士。仁宗时镇守陕西，防范西夏，当时西夏盛传"小范老子胸中有数万甲兵"，边境得以相安无事。后出任参知政事，主导"庆历新政"，终因保守派的反对而未获成功。谥号"文正"。

注　释

庆历：宋仁宗赵祯的年号（1041—1048）。

滕子京：名宗谅，字子京，与范仲淹同年中进士，因遭诬陷被贬为岳州知州，事迹见于《宋史·滕宗谅传》。

巴陵郡：即岳州，南朝时置巴陵郡，治所在巴陵县（今湖南岳阳），后改为岳州。这里使用了古称。

政通人和：政务通达顺利，人民安居和乐。

百废具兴：很多被废置的事业，都兴办起来了。

岳阳楼：位于今湖南岳阳西北的巴丘山下。相传三国时吴国鲁肃曾在此建阅兵台，唐代开元年间张说在旧阅兵台基础上兴建此楼。主楼三层，登楼眺望，八百里洞庭尽收眼底。

唐贤：唐代的名人。李白、杜甫、韩愈、白居易等都曾写有歌咏岳阳楼的名篇佳作。

洞庭一湖：即洞庭湖，位于今湖南北部，长江南岸，湘、资、沅、澧四水均汇流于此，在岳阳市城陵矶入长江。

朝晖夕阴：清晨阳光灿烂，傍晚暮霭萦回，指一天内早晚的阴晴变化。

巫峡：长江三峡之一，因巫山得名，位于今重庆巫山县东。

潇湘：潇水、湘水在湖南零陵汇合后，也称潇湘，向北流入洞庭湖。

迁客骚人：被贬的官员和失意的文人。自从屈原创作《离骚》后，便将诗人称为"骚人"，有时也用以指称失意的文人。

日星隐耀：太阳、星辰隐没了光辉。

山岳潜形：山岳隐没了巍峨的形体。

樯倾楫摧：航船的桅倾倒，桨折断。樯，桅杆，船上挂帆用的柱杆。

上下天光，一碧万顷：上下天光湖色相接，一片碧绿，辽阔无边。

沙鸥翔集：沙鸥时而飞翔，时而停歇。沙鸥，一种水鸟，栖息在沙洲上，常飞翔于江海之上。

岸芷汀兰：岸上的白芷，洲上的香兰。芷，又名白芷，一种香草。汀，小洲。

长烟一空：大片烟雾完全消散。

浮光跃金：浮动的月光闪烁着耀眼的金色。

静影沉璧：静静的月影好像沉入湖底的玉璧。

不以物喜，不以己悲：不因外物的好坏而悲哀欢喜，不因自己的荣辱欢喜悲哀。

居庙堂之高：指在朝廷做官。庙堂，宗庙和明堂，古代帝王每遇大事，必告于宗庙、议于明堂，故"庙堂"也指朝廷。

处江湖之远：指远离朝廷，退隐于五湖四海各地。

先天下之忧而忧，后天下之乐而乐：在世人忧之前先忧，在世人乐之后才乐。

微斯人，吾谁与归：如果不是这样的人，我同谁一道呢？

欧阳修 《卖油翁》

题　解

本文选自欧阳修的《归田录》。文章用一个生动有趣的故事，将举世无双的射艺与普普通通的酌油相对照，深刻揭示了"熟能生巧"这个道理，很值得自负之人深思。

作　者

欧阳修，自永叔，号醉翁、六一居士，北宋吉州吉水（今属江西）人。天圣间进士，官至枢密副使、参知政事，谥号"文忠"。曾因支持"庆历新政"，被贬为滁州知州。他一生博览群书，与宋祁合撰《新唐书》，独撰《新五代史》，在史学上很有造诣。尤以文章见长，主张文章应"明道""致用"，反对宋初浮艳轻佻的文风，被列为"唐宋八大家"之一。

注　释

陈康肃公：即陈尧咨，"康肃"是谥号，"公"是古代对男子的尊称。尧咨字嘉谟，真宗年间进士，以善射知名，《宋史》有传。

圃：种植果木瓜菜的园地。

但手熟尔：只不过是手法熟练罢了。

尔安敢轻吾射：你怎么敢小看我的射艺。

钱：铜钱，圆形方孔。

我亦无他，惟手熟尔：我倒油的技艺也没有什么，只是手法熟练罢了。

周敦颐 《爱莲说》

题 解

《爱莲说》是一篇托物喻志的精美短文。说，文体名，主要用于阐述某种道理、主张或看法。一般认为，此文是针对北宋中叶士大夫热衷功名利禄、耽于享乐的社会风气而写的，作者通过对莲花的爱慕和礼赞，表达了对于高尚情操的崇奉。

作 者

周敦颐，字茂叔，北宋道州营道（今湖南道县）人，后世称濂溪先生。他把道家的"太极"和"阴阳五行"学说融入儒家学说之中，被视为宋代理学的创始人之一，著名理学大师程颢、程颐都是他的弟子。

注 释

水陆草木之花：水中、陆地、草本、木本的花，泛指各种花。

晋陶渊明独爱菊：晋代的陶渊明唯独喜爱菊花。他曾写有"采菊东篱下，悠然见南山"的名句。

李唐：即唐朝，因皇帝姓李，所以也称"李唐"。

牡丹：一种观赏植物，起初统称芍药，唐以后始将木芍药称为牡丹。刘禹锡曾写下"唯有牡丹真国色，花开时节动京城"的诗句，可见牡丹在唐代受喜爱的程度。

中通外直：莲花的茎中心贯通，外观挺直。

不蔓不枝：既不牵连缠绕，也不枝节横生。

亭亭净植：笔直洁净地挺立着。

隐逸者：即隐士，隐居不仕的人。

菊之爱，陶后鲜有闻：对于菊花的喜爱，陶渊明之后就很少听说了。

同予者何人：与我一样的还有什么人呢？

刘 基 《卖柑者言》

题 解

本文是一篇寓言散文，约写于刘基任江浙儒学副提举之际。文章借卖柑者之口，深刻揭露了元末一众文臣武将"金玉其外，败絮其中"的实质，讥讽了那些窃据高位者都是欺世盗名的无耻之徒，具有深刻的现实性。

作 者

刘基，字伯温，明初浙江青田人。元末进士，曾任江西高安县丞、江浙儒学副提举等官，后弃官归隐。至正二十年（1360）投奔朱元璋，成为朱元璋最重要的谋臣之一。明朝建立后，任御史中丞、太史令，封诚意伯，参与了明初多项典章制度的拟订。刘基的诗文雄浑奔放，当时与宋濂齐名。在民间传说中，刘伯温和诸葛亮一样，是神机妙算的象征。

注 释

杭：杭州，明代置杭州府。

涉寒暑不溃：经过一冬一夏也不腐烂。

出之烨然：摆出来润泽有光。

玉质而金色：质地像玉一般晶莹润泽，表皮金光灿灿。

干若败絮：里面干得像破棉絮。

实笾豆：装满笾和豆。古代宴会或祭祀时盛放食物礼器，竹制的叫"笾"，用以盛果脯；木制的叫"豆"，用以盛鱼肉。

炫外以惑愚瞽：炫耀漂亮的外观，去欺骗愚人和盲人。

食吾躯：意思是养活我自己。

未尝有言：未曾说过什么。

而独不足子所乎：却唯独不能满足您的所需吗？

佩虎符、坐皋比者：佩带兵符、高坐在虎皮座椅上的人，指将帅。虎符，虎形兵符，古代调兵遣将的信物。皋比，本义是虎皮，这里指虎皮座椅。

干城之具：捍卫国家的人才。干城，指盾牌和城郭，两者都起防卫作用，故用以指代捍卫国家。

孙吴：春秋战国时著名军事家孙武和吴起。

峨大冠、拖长绅者：头戴高高的帽子、腰垂长长的衣带的人，指大官。

伊皋：商汤的贤臣伊尹和舜时的贤臣皋陶。

坐糜廪粟：白白地耗费官仓里的粮食。

醉醇醴：喝足了味道浓厚的美酒。

饫肥鲜：吃够了肥腴鲜美的食物。

孰不巍巍乎可畏，赫赫乎可象也：哪个不是威风八面使人生畏，气势显赫令人效法呢？

　　类东方生滑稽之流：像是东方朔一类的诙谐善辩的人物。东方生，指东方朔，字曼倩，汉武帝近臣，常用诙谐幽默的言语讽谏皇帝，事迹见于《史记·滑稽列传》。

《诗经》一首 《芣苢》

题　解

　　《诗经》是中国最早的诗歌总集，也是儒家重要经典。今本共三百〇五篇；另有六篇有目无诗，被称为"笙诗"。诗篇形式以四言为主，运用赋、比、兴的创作手法。本诗选自《国风·周南》,《周南》位列《国风》之首，收录了洛阳以南至江、汉一带的民歌。关于本诗的主旨,《毛诗序》云:"《芣苢》，后妃之美也。和平则妇人乐有子矣。"当代学者一般认为，这是一群女子在采集车前子时随口唱的短歌，诗中表现了劳动的发展过程和心理的变化过程。

注　释

　　芣苢: 即车前子，又名车轮菜，一种草药，古人认为它的籽实可以治疗女性不孕和难产。据现代中医药理论，其功效是主治小便不利、暑热泄泻、目赤肿胀、痰热咳嗽等症。

屈　原《国殇》

题　解

　　本篇选自《楚辞·九歌》。《楚辞》共十六篇，以收录屈原的作品为主，由刘向在西汉末年整理、编订成书。因书中的作品都具有楚地的文学样式、方言声韵、风土色彩，故名"楚辞"。《国殇》是追悼阵亡将士的祭歌。国殇，指为国牺牲之人。全诗简要、生动地描写了战斗经过，歌颂了为国捐躯的将士及其勇武不屈、视死如归的精神。

作　者

　　屈原，名平，字原，又自云名正则，字灵均，战国时楚国人。他出身楚国贵族，怀王时任左徒、三闾大夫，主张联齐抗秦，后遭靳尚等人诬陷，被放逐。顷襄王时再遭谗毁，谪于江南。他眼见楚国政治腐败、危在旦夕而又无力挽救，于是在五月初五投汨罗江而死。屈原开创了楚辞这一伟大的浪漫主义文学传统，对后世文学的发展产生了巨大的影响。

注 释

吴戈：吴国所产的戈，也泛指锋利的武器。

犀甲：犀牛皮制成的铠甲。

车错毂：双方战车的轮毂互相交错。毂，车轮的中心部位，有圆孔，可以插轴。

短兵接：即短兵相接。短兵，指刀剑一类的短兵器。

旌：用牦牛尾和羽毛装饰的旗子，也泛指战旗。

左骖殪兮右刃伤：战车的左马已阵亡啊，右马也遭受重创。古时一辆战车用四马，左右两旁的马叫"骖"，中间两匹叫"服"。刃伤，为兵刃所伤。

玉枹：用玉装饰的鼓槌。

天时坠兮威灵怒：天道沦丧啊，神灵发怒。

出不入兮往不反：既已出征啊，就不再打算活着回来。形容战士视死如归。

秦弓：秦国所产良弓，也泛指弓箭。

神以灵：精神成为神灵，指精神不死而永生。

子魂魄兮为鬼雄：你们的魂魄啊，也是鬼中的英雄。子，对阵亡战士的尊称。李清照有"生当作人杰，死亦为鬼雄"的名句。

汉乐府一首 《江南》

题 解

本诗属于汉乐府作品。乐府本是主管音乐的官署，掌管宫廷、巡行、祭祀所用的音乐，兼采民歌配以乐曲，在汉武帝时规模较大。至于作为一种诗体的"乐府"，起初指乐府官署所采制的诗歌，后将魏晋至唐可以入乐的诗歌，以及仿乐府古题或自创新题、吟诵时事的作品，统称为乐府。《江南》是一首采莲歌，反映了采莲时的情景和采莲人的欢悦心情，正如《乐府解题》所云，"盖美芳晨丽景，嬉游得时"。

注 释

江南：泛指长江以南地区。在先秦两汉时，一般指今湖北的江南部分和湖南、江西一带。

莲：指莲子，可供食用和入药。

鱼戏莲叶东，鱼戏莲叶西，鱼戏莲叶南，鱼戏莲叶北：《江南》在乐府中属"相和歌词"，即由一人唱、多人和的歌词。有人据此提出，"鱼戏莲叶东"以下四句是和声，对诗的主体部分即"江南可采莲"以下三句起到渲染、烘托的作用。

王　勃《送杜少府之任蜀州》

题　解

这是一首送别诗，写于王勃在长安送别一位杜姓友人之时，他的这位朋友将赴蜀州任县尉。诗中表达了对友人的真挚情感，抒发了"海内存知己，天涯若比邻"的旷达精神。当代有学者认为，这首诗在送别诗中"一洗悲酸之态，意境开阔，音调爽朗，独标高格"。

作　者

王勃，字子安，唐代绛州龙门（今山西河津）人。六岁即善文辞，是著名的早慧天才。曾为沛王府修撰，后因事削职。为探望父亲，王勃乘船去交趾（今越南河内），途中溺水，受惊而死，年仅二十八岁。他是"初唐四杰"之一，诗作长于五律，风格清新流丽，文章重文采而有气势。

注　释

杜少府：其人未详。少府，时人对县尉的称呼，主管地方治安。当时称县令为"明府"，于是将职位低于县令的县尉称为"少府"。

蜀州：在今四川崇州。一作"蜀川"，泛指今四川岷江流域、成都平原一带。

城阙：城楼和宫阙，指国都长安。

三秦：项羽灭秦，将关中一带秦国旧地分为雍、塞、翟三国，合称三秦，也泛指今陕西一带。

五津：指今四川都江堰市至犍为县一段岷江上的五个渡口，包括白华津、万里津、江首津、涉头津、江南津。

比邻：近邻。比，相近。

儿女共沾巾：指像青年男女一样哭哭啼啼。

李　白　《将进酒》

题　解

"将进酒"是汉乐府短箫铙歌的曲调，该曲调的主要内容，便是表现游乐宴饮的场景。李白在这里借题发挥，"填之以申己意"，创作出了千古名篇《将进酒》。诗中李白与友人岑勋和元丹丘畅怀饮宴，借助酒兴诗情，抒发了"高堂明镜悲白发，朝如青丝暮成雪"的感慨，表达了"天生我材必有用，千金散尽还复来"的乐观自信和豪放不羁的精神。

作　者

李白，字太白，号青莲居士，自称祖籍陇西成纪（今甘肃静宁）。唐代大诗人。少年时博学广览，好击剑行侠，长期在全国各地漫游，得以饱览名山大川。天宝初年入长安，经贺知章等人推荐，任翰林院供奉，后因蔑视权贵，遭谗出京。安史之乱中，他怀着平叛的志愿进入永王李璘的幕府。后永王被指谋反，李白也受到牵连，被流放夜郎，途中遇赦东还。遂转投族人当涂令李阳冰，不久病卒。李白被后世尊为"诗仙"，是中国文学史上最伟大的诗歌天才之一，他的诗作如天马行空，瑰玮绚烂，语言豪放洒脱，反映了盛唐时的宏伟气象和他对自由生活的绝对向往。

注　释

高堂：高大的堂屋，一说指父母。

金樽：指精美的酒器。

岑夫子，丹丘生：指岑勋和元丹丘，两人都是李白的好友。

钟鼓馔玉：古代富贵人家宴会时用钟鼓奏乐，饮食精美如玉，这里泛指富贵生活。

陈王昔时宴平乐，斗酒十千恣欢谑：陈王曹植昔日在平乐观宴请宾客，一斗酒便值十千钱，尽情欢乐戏谑。此处借用曹植《名都篇》"归来宴平乐，美酒斗十千"之句。陈王，即曹植，曹操第三子，曾被封为陈王。平乐，即平乐观，汉代宫观，遗址在今河南洛阳。

五花马，千金裘：鬃毛被剪成五个花瓣的良马，价值千金的皮衣，都是很珍贵的财物。

20

杜　甫　《春望》

题　解

安史之乱后，杜甫颠沛流离，为叛军所俘获，羁留长安，本诗即作于此时。前四句写都城春日的败象，后四句写心念亲人的境况，表现了诗人对于国破家亡的悲愤和忧国思家的深情。

作　者

杜甫，字子美，自号少陵野老，唐代襄阳（今属湖北）人，生于巩县（今河南巩义）。举进士不第，漫游各地，天宝三载（744）在洛阳与李白相识。后困居长安近十年，靠献三大礼赋始得官。安史之乱后，他弃官入蜀，依剑南节度使严武，在成都西郭筑草堂以居。严武荐为检校工部员外郎，故世称杜工部。严武死后，他出蜀入湘，病没于衡阳至耒阳的湘江旅途中。杜甫与李白齐名，世称"李杜"，宋代以后又被尊为"诗圣"。他的诗作语言质朴凝练，沉郁顿挫，忧苍生，痛祸乱，无不发自肺腑，杰作比比，因深刻描述了一个盛极而衰的时代，被称为"诗史"。

注　释

国破山河在，城春草木深：描绘了一幅国都残破、人烟稀少的凄凉春景。司马光云："山河在，明无余物矣；草木深，明无人矣。"

感时花溅泪，恨别鸟惊心：因对时局的感触和对别离的忧伤，见到花开反而落泪，听到鸟叫反而心惊。司马光云："花鸟，平时可娱之物，见之而泣，闻之而悲，则时可知矣。"

烽火：本指古代边防用以报警的信号，这里指战火、战争。

白居易 《赋得古原草送别》

题 解

此诗为作者十六岁时的应考习作，相传曾获得当时名士顾况的赞赏。古代科举考试的命题诗，考官以古人诗句或各类事物为题，使考生作五言排律诗，题目前要加"赋得"二字，这类诗被称为"试帖诗"。本诗紧紧围绕"古原草送别"这一主题展开，以咏草写离情，并蕴含着生命不息的感悟。

作 者

白居易，字乐天，号香山居士，唐代下邽（今陕西渭南）人。贞元间进士，曾因上表谏事，得罪权贵，被贬为江州司马。官至刑部尚书。他倡导"新乐府运动"，主张"文章合为时而著，歌诗合为事而作"。诗作以语言平易著称，号称老妪能解。他和元稹交情甚笃，世称"元白"；晚年又与刘禹锡唱和甚多，人称"刘白"。

注 释

一岁一枯荣：野草每年都要经历一次秋枯春荣，循环不已。

　　远芳侵古道，晴翠接荒城：远方的青草已占据了古道，阳光下的一片翠绿，已和荒城连接在一起。

　　又送王孙去，萋萋满别情：此处化用了《楚辞·招隐士》"王孙游兮不归，春草生兮萋萋"之句，表达依依惜别的深情。王孙，本义是王者之孙或后代，这里指远行的游子。

苏 轼 《念奴娇·赤壁怀古》

题 解

北宋元丰五年（1082）七月，因"乌台诗案"而被贬为黄州（治所在今湖北黄冈）团练副使的苏轼，乘舟游赤壁矶（又名"赤鼻矶"），写下了这首词。这是一首怀古词，追怀了周瑜在赤壁之战中打败曹军的事迹，表达了对英雄事业的向往和年华虚掷的悲叹。需要指出的是，苏轼所游赤壁矶，并非当年赤壁之战所在地。

作 者

苏轼，字子瞻，号东坡居士，北宋眉州眉山（今属四川）人。嘉祐年间进士，曾因反对王安石变法，多次受到贬谪。官至吏部尚书，南宋时追谥"文忠"。他在杭州等地做官时，政绩斐然。才高八斗，文、诗、词均有很高造诣，书画亦享盛名，尤以词的成就最高。他拓展了词的题材和内涵，打破了专写情爱和愁怨的束缚，笔力纵横，意境高远，开豪放一派之词风。苏轼与父苏洵、弟苏辙合称"三苏"，父子三人均被列入"唐宋八大家"。

注　释

大江：长江，赤壁矶即位于长江之滨。

浪淘尽，千古风流人物：千百年来的杰出人物，都被滚滚东去的波浪冲洗尽了。风流，指杰出。

周郎：即周瑜，字公瑾，少时被吴国人呼为周郎，精通音律，当时有"曲有误，周郎顾"之语。建安十三年（208），曹操率军南下，周瑜与刘备合兵，大败曹操于赤壁。

赤壁：周瑜大破曹军之处，一说指今湖北武汉的赤矶山，一说指今赤壁市西北的赤壁山。

乱石穿空：陡峭不平的石壁，径直插入空中。

卷起千堆雪：卷起的浪花，就像一万堆白雪一般。

小乔：周瑜的妻子。三国时乔公有两个女儿，"皆国色也"，大乔嫁与孙策，小乔嫁与周瑜。

羽扇纶巾：手执羽扇，头戴纶巾。据记载，诸葛亮也曾如此打扮，应为当时儒将的基本装束。纶巾，用青丝带织的头巾。

樯橹：指曹操的军队。

多情应笑我，早生华发：应笑我多愁善感，使自己过早长出了花白的头发。

一尊还酹江月：还是用这一杯酒祭奠江中的明月吧。酹，以酒洒地，表示祭奠。

李清照 《渔家傲》

题 解

这首词的小标题为《记梦》，可见写的是作者的梦境，流露出极不平凡的远大志向。该词与李清照其他的词作风格迥异，被当代学者视为"李词中仅见的浪漫主义名篇"。

作 者

李清照，号易安居士，南宋齐州章丘（今山东章丘）人。礼部员外郎李格非女，金石学家赵明诚妻。李清照原本生活在一个文化和学术氛围极其浓厚的家庭，但因金兵入侵，被迫流寓南方，其丈夫不久亦病卒，境遇孤苦。她的词作多写对旧日生活的留恋和身世家国的悲愁，善于创意出奇，语言清丽，是宋词婉约派的重要代表。

注 释

天接云涛连晓雾，星河欲转千帆舞：满天的云如涛涌动，连接着拂晓的雾霭，银河就要流转起来，成千上万的帆船在银河里飞舞。

梦魂：古人认为，人的灵魂在睡梦中可以离开肉体，故称梦魂。

帝所：指天帝居住的地方。

闻天语：听到天帝的话。

我报路长嗟日暮，学诗谩有惊人句：我回答天帝：自己学诗时，徒然写出了惊人的诗句，可叹现在日暮路远，难有出路。这里化用了屈原《离骚》"欲少留此灵琐兮，日忽忽其将暮……路曼曼其修远兮，吾将上下而求索"等句。

九万里风鹏正举：将要乘风高飞九万里的大鹏鸟，正腾空而起。这里运用了《庄子·逍遥游》的典故，以比喻作者的远大志向。

蓬舟：像飞蓬一样的小舟。

三山：秦汉方士称东海中仙人所居的三座山，即蓬莱、方丈、瀛洲。

24

文天祥 《过零丁洋》

题 解

本诗是文天祥《指南后录》中的第一首作品。文天祥兵败被俘后，被囚禁在元军的船上。船队经过零丁洋时，他写下了这首诗。诗中慨叹抗元事业的艰辛，表达了以死报国的决心。

作 者

文天祥，字宋瑞，一字履善，号文山，南宋吉州庐陵（今江西吉安）人。宝祐四年（1256）状元。德祐元年（1275），闻元兵东下，在赣州组织义军，入卫国都临安。次年任右丞相，出使元军议和，被扣留。脱险后，继续从事抗元活动，直至被俘。迭经威逼利诱，始终不屈，在大都（今北京）慷慨就义。文天祥的诗文在文学史上亦可圈可点。当代学者钱锺书认为，文天祥从事抗元活动以后的诗作，"大多是直抒胸臆，不讲究修辞，然而有极沉痛的好作品"。

注　释

零丁洋：在今广东珠江口外。

辛苦遭逢起一经：因精通一经而被朝廷起用以来，历尽了千辛万苦。一经，一种儒家经书。起一经，即依靠精通一部儒家经典，而被起用做官。宝祐四年（1256），文天祥以《周易》举进士第一。

干戈：兵器，指代战争。

四周星：指四周年，文天祥自1275年起兵抗元以来，至此时共四年。

风飘絮：好像被风吹散的柳絮。

雨打萍：好像被雨击打的浮萍。

惶恐滩：赣江十八滩之一，在今江西万安县境内，水流湍急险恶。1277年，文天祥在江西战败，经由惶恐滩一带退往福建。

汗青：指史册。古代用竹简记事，先用火烘烤青竹，使竹中的水分蒸发出来，以便书写和防蛀，叫"汗青"，后来也指史册。

杨　慎《临江仙》

题　解

　　这首词选自杨慎的《廿一史弹词》，是第三段《说秦汉》的开场词。弹词，是一种把故事编成韵语，有白有曲，以弦索乐器伴唱的说唱文学，明清时期流行于南方地区。这首《临江仙》还被今本《三国演义》引为开篇词，因而脍炙人口。

作　者

　　杨慎，字用修，号升庵，明代四川新都（今四川成都新都区）人。正德六年（1511）状元，嘉靖时充经筵讲官。后因"大礼议"事获罪，谪戍云南永昌三十余年，死于贬所。杨慎学识广博，于书无所不览，好学穷理，老而弥笃，史称记诵之博，著作之富，为明代第一。

注　释

　　滚滚长江东逝水，浪花淘尽英雄：长江水滚滚东去，一代又一代的英雄人物仿佛都被这浪花冲洗掉了。出自苏轼《念奴娇·赤壁怀古》："大江东去，浪淘尽，千古风流人物。"

几度夕阳红：不知经历了多少岁月。

白发渔樵：白发苍苍的渔翁和樵夫。

篇目	篇目来源	版本信息	出版社	出版年份
1	《论语》	《论语译注》杨伯峻译注	中华书局	1980
2	《老子》	《老子道德经注校释》王弼注 楼宇烈校释	中华书局	2008
3	《孟子》	《孟子译注》杨伯峻译注	中华书局	1960
4	《庄子》	《庄子集解》王先谦撰	中华书局	1987
5	《孙子》	《孙子十家注》孙武著 曹操等注	中华书局	1954
6	《荀子》	《荀子集解》王先谦撰 沈啸寰、王星贤点校	中华书局	1988
7	《战国策》	《战国策注释》何建章注释	中华书局	1990
8	陶渊明《桃花源记》	《陶渊明集》王瑶编注	人民文学出版社	1956
9	韩愈《马说》	《韩昌黎文集校注》马通伯校注	古典文学出版社	1957
10	刘禹锡《陋室铭》	《全唐文》董诰等编	中华书局	1983
11	范仲淹《岳阳楼记》	《范仲淹全集》范能濬编集 薛正兴校点	凤凰出版社	2004
12	欧阳修《卖油翁》	《欧阳修全集》欧阳修著 李逸安点校	中华书局	2001
13	周敦颐《爱莲说》	《周敦颐集》周敦颐著	中华书局	2009
14	刘基《卖柑者言》	《诚意伯文集》刘基撰 何镗编校	商务印书馆	1936
15	《诗经》	《诗经注析》程俊英、蒋见元著	中华书局	1991
16	屈原《国殇》	《楚辞译注》张愚山译注	山东教育出版社	1986
17	汉乐府	《乐府诗集》郭茂倩编	中华书局	1979
18	王勃《送杜少府之任蜀州》	《王子安集注》王勃著 蒋清翊注	上海古籍出版社	1995
19	李白《将进酒》	《李太白全集》王琦注	中华书局	1977
20	杜甫《春望》	《杜诗详注》杜甫著 仇兆鳌注	中华书局	1979
21	白居易《赋得古原草送别》	《白居易集》顾学颉校点	中华书局	1979
22	苏轼《念奴娇·赤壁怀古》	《东坡乐府》苏轼著	上海古籍出版社	1979
23	李清照《渔家傲》	《李清照集笺注》李清照著 徐培均笺注	上海古籍出版社	2002
24	文天祥《过零丁洋》	《文天祥诗集校笺》文天祥撰 刘文源校笺	中华书局	2017
25	杨慎《临江仙》	《升庵全集》杨慎著	商务印书馆	1937

作者作品年表

（以作者主要生活年代、成书年代为参考）

西周（前 1046—前 771）		《诗经》
东周①（前 770—前 256）	春秋（前 770—前 476）	管子（？—前 645） 老子（约前 571—？） 孔子（前 551—前 479） 孙子（约前 545—约前 470）
	战国（前 475—前 221）	墨子（前 476 或前 480—前 390 或前 420） 孟子（约前 372—前 289） 庄子（约前 369—前 286） 屈原（约前 340—前 278） 公孙龙（约前 320—前 250） 荀子（约前 313—前 238） 宋玉（约前 298—前 222） 韩非子（约前 280—前 233） 吕不韦（？—前 235） 《黄帝四经》 《吕氏春秋》 《左传》 《列子》 《国语》 《尉缭子》 《易传》
秦（前 221—前 206）		李斯（？—前 208）
汉（前 206—公元 220）	西汉②（前 206—公元 25）	贾谊（前 200—前 168） 韩婴（约前 200—约前 130） 司马迁（约前 145—？） 刘向（约前 77—前 6） 扬雄（前 53—公元 18） 《礼记》 《淮南子》
	东汉（25—220）	崔瑗（77—142） 张衡（78—139） 王符（约 85—162） 曹操（155—220）
三国（220—280）		诸葛亮（181—234） 曹丕（187—226） 曹植（192—232） 阮籍（210—263） 傅玄（217—278）

晋 （265—420）	西晋（265—317）	李密（224—287） 左思（约250—约305） 郭象（约252—312）
	东晋（317—420）	王羲之（303—361，一说321—379） 陶渊明（约365—427）
南北朝 （420—589）	南朝（420—589）	范晔（398—445） 陶弘景（456—536） 刘勰（约465—约532）
	北朝（386—581）	郦道元（约470—527） 颜之推（531—约590）
隋（581—618）		魏徵（580—643）
唐③（618—907）		骆宾王（约626—684以后） 王勃（约650—约676） 杨炯（650—?） 贺知章（约659—约744） 陈子昂（659—700） 张若虚（约670—约730） 张九龄（678—740） 王之涣（688—742） 孟浩然（689—740） 崔颢（?—754） 王昌龄（698—756） 高适（约700—765） 王维（701—761） 李白（701—762） 杜甫（712—770） 岑参（约715—约769） 张志和（732—774） 韦应物（约737—792） 孟郊（751—814） 韩愈（768—824） 刘禹锡（772—842） 白居易（772—846） 柳宗元（773—819） 李贺（790—816） 杜牧（803—852） 温庭筠（812?—866） 李商隐（约813—约858）
五代十国（907—979）		李璟（916—961） 李煜（937—978）

作者作品年表

宋 (960—1279)	北宋（960—1127）	柳 永（约 987—1053） 范仲淹（989—1052） 晏 殊（991—1055） 宋 祁（998—1061） 欧阳修（1007—1072） 苏 洵（1009—1066） 周敦颐（1017—1073） 司马光（1019—1086） 曾 巩（1019—1083） 张 载（1020—1077） 王安石（1021—1086） 程 颐（1033—1107） 李之仪（1048—约 1117） 苏 轼（1037—1101） 黄庭坚（1045—1105） 秦 观（1049—1100） 晁补之（1053—1110） 周邦彦（1056—1121） 李清照（1084—1155） 陈与义（1090—1139）
	南宋（1127—1279）	岳 飞（1103—1142） 陆 游（1125—1210） 杨万里（1127—1206） 朱 熹（1130—1200） 张孝祥（1132—1170） 陆九渊（1139—1193） 辛弃疾（1140—1207） 姜 夔（约 1155—1221） 陈 亮（1143—1194） 丘处机（1148—1227） 叶绍翁（1194—1269） 文天祥（1236—1283）
元④（1206—1368）		关汉卿（约 1234 前—约 1300） 马致远（约 1250—1321 以后） 张养浩（1270—1329） 王 冕（1287—1359） 萨都剌（约 1307—1355？）

明（1368—1644）	宋濂（1310—1381） 刘基（1311—1375） 于谦（1398—1457） 钱鹤滩（1461—1504） 王阳明（1472—1529） 杨慎（1483—1559） 归有光（1507—1571） 汤显祖（1550—1616） 袁宏道（1568—1610） 张岱（1597—约 1676） 黄宗羲（1610—1695） 李渔（1611—1680） 顾炎武（1613—1682）
清⑤（1616—1911）	徐灿（约 1618—约 1698） 纳兰性德（1655—1685） 彭端淑（约 1699—约 1779） 袁枚（1716—1797） 戴震（1724—1777） 龚自珍（1792—1841） 魏源（1794—1857） 曾国藩（1811—1872） 康有为（1858—1927） 谭嗣同（1865—1898） 梁启超（1873—1929） 秋瑾（1875—1907） 王国维（1877—1927）

说明

① 一般来说，把公元前 770—公元前 476 年划为春秋时期；把公元前 475—公元前 221 年划为战国时期。

②9 年，王莽废汉帝自立，改国号为"新"；23 年，王莽"新"朝灭亡，刘玄恢复汉朝国号，建立更始政权；25 年，更始政权覆灭。

③690 年，武则天称帝，改国号为"周"；705 年，武则天退位，恢复国号"唐"。

④1206 年，铁木真建立大蒙古国；1271 年，忽必烈定国号为元。

⑤1616 年，努尔哈赤建立后金；1636 年，改国号为清；1644 年，明朝灭亡，清军入关。

出版后记

"中华古诗文经典诵读工程"于 1998 年由中国青少年发展基金会发起。作为诵读工程指定读本的《中华古诗文读本》于同年出版。二十五年来，"中华古诗文经典诵读工程"影响了数以千万计的读者，《中华古诗文读本》因之风行并被称誉为"小红书"。

为继续发挥"小红书"的影响力，方便读者从中汲取中华优秀传统文化的养分，中国青少年发展基金会、中国文化书院、陈越光先生与中国大百科全书出版社决定再版"小红书"，并且同意再版时秉持公益精神，践行社会责任，以有益于中华传统文化普及与中小学生文化素养提高为首要目标。

"小红书"已出版二十五年。为给读者更好的阅读体验，在确保核心文本不变的前提下，我们征求并吸取了广大读者的意见，最后根据意见确定了以下再版原则：版本从众，尊重教材；注音读本，规范实用；简注详注，相得益彰；准确诵读，规范引领；科学护眼，方便阅读。可以说，这是一套以中小学生为中心的中国经典古诗文读本。

"小红书"以其中国特色、中国风格、中国气派、中国思想而备受读者青睐，使其畅销多年而不衰。三百余篇中国经典古诗文，不仅是中华民族基本思想理念的经典诠释，也是中华儿女道德理念和规范的精彩呈现。前者如革故鼎新、与时俱进的思想，脚踏实地、实事求是的思想，惠民利民、安民富民的思想等；后者如天下兴亡、匹夫有责的担当意识，精忠报国、振兴中华的爱国情怀，崇德向善、见贤思齐的社会风尚等。细细品之，甘之如饴。

四十余年来，中国大百科全书出版社坚守中华文化立场，一心一意为读者出版好书，积极倡导经典阅读。这套倾力打造的《中华古诗文读本》值得中小学生反复诵读，希望大家喜欢。

由于资料及水平所限，书中不妥之处在所难免，敬请读者批评指正，我们将不胜感激！

2023 年 6 月 6 日